小孩的詩

你好，嘉義雞肉飯

Chio

作者的話

Chio

「沒想到有一天會出版自己的繪本。」

一直想著有天能為家鄉做些什麼，卻遲遲無法動筆。

雞肉飯是每位嘉義人的記憶，也是最令遊子懷念的滋味。

既可以介紹嘉義，又可以賦予文學意義，聽起來是個絕佳的點子不是嗎？

於是創作的契機便這麼到來了。

這本書的誕生，必須感謝身邊的師長、親友們在這段期間對於我的創作，給予莫大的支持與協助，對即將奔三的我，給予了面對自己的勇氣和毅力，以及負責到底的決心。

「人在成長的過程中，漸漸會開始思考，該如何保有原來的自我。」

因為越長大越明白，在紛紛擾擾、匆匆碌碌的生活中要如何保持單純，是一件多麼不易的事。

「單純的語言、單純的熱忱、一顆單純的心。」

人總是說：「小孩子的快樂就是這麼簡單。」

如何在引導孩子感受詩意的同時，大人也能樂此不疲，是本書努力的目標，希望讀者在閱讀這本書的時候，不論是什麼樣的身分，都能一起放慢步調、一同回歸小孩澄澈透明的心。

期許它成為一本帶給小孩快樂，也帶給大人快樂的嘉義書。

目錄

嘉義

匡啷匡啷　匡啷匡啷
陽光爬過了　一格一格的車窗
我的眼皮開著闔著　闔著開著
看著火車像條巨龍
快速駛過一鄉又一鄉

火車變慢 慢慢 再變慢
媽媽笑著對我說
抵達 嘉義
我們的故鄉

嘉義車頭

百年摩登火車站
一列火車剛到站
兩位小朋友在搗蛋
許多旅客來來去去團團轉
縱貫線
森鐵線
轉運站

前面舊時叫「大通」
沿路商店美食好熱鬧

媽媽說
我們走，來去吃飯

※今「中山路」因處地區交通樞紐，是市區的地理中心及發展中心，起於站前嘉義車站到嘉義公園，被稱為「大通」。

嘉義有座山

媽媽端來一座山
上頭鋪滿好多食材
一座圓圓的山
熱熱的 暖暖的
山頭還冒著白煙

人手一雙筷子就像登山杖
香味就是旅人們的路標
扒著扒著 爬著爬著
一碗又一碗
這就是嘉義的雞肉飯

口中的火雞肉

嘿，想和我來場比賽嗎
站在軟軟的擂台上
左直拳　右直拳
再來一記上鉤拳
看看我彈牙的肌肉
就是我冠軍的證明

口中的白飯

稻子熟了
就變成米
米粒熟了
就變成飯

一顆顆　一粒粒
米粒在大鍋子
大手拉小手　洗著蒸氣浴
上上下下
翻滾膨脹
煮熟了
就變成晶瑩剔透的白米飯

口中的醬汁

勺子潛入海底
划出一圈圈的　波浪螺旋
甜甜的油脂　鹹鹹的醬油
激起了一朵朵的浪花
一閃一閃亮晶晶

捲起美味的巨浪
誰也不來叨擾我
我將在這片大海
乘風破浪

口中的油蔥酥

沙沙沙　悄悄地
黃澄澄的秋天來了
風伸出了小手
沙沙沙　輕輕地
灑下滿地的油蔥酥

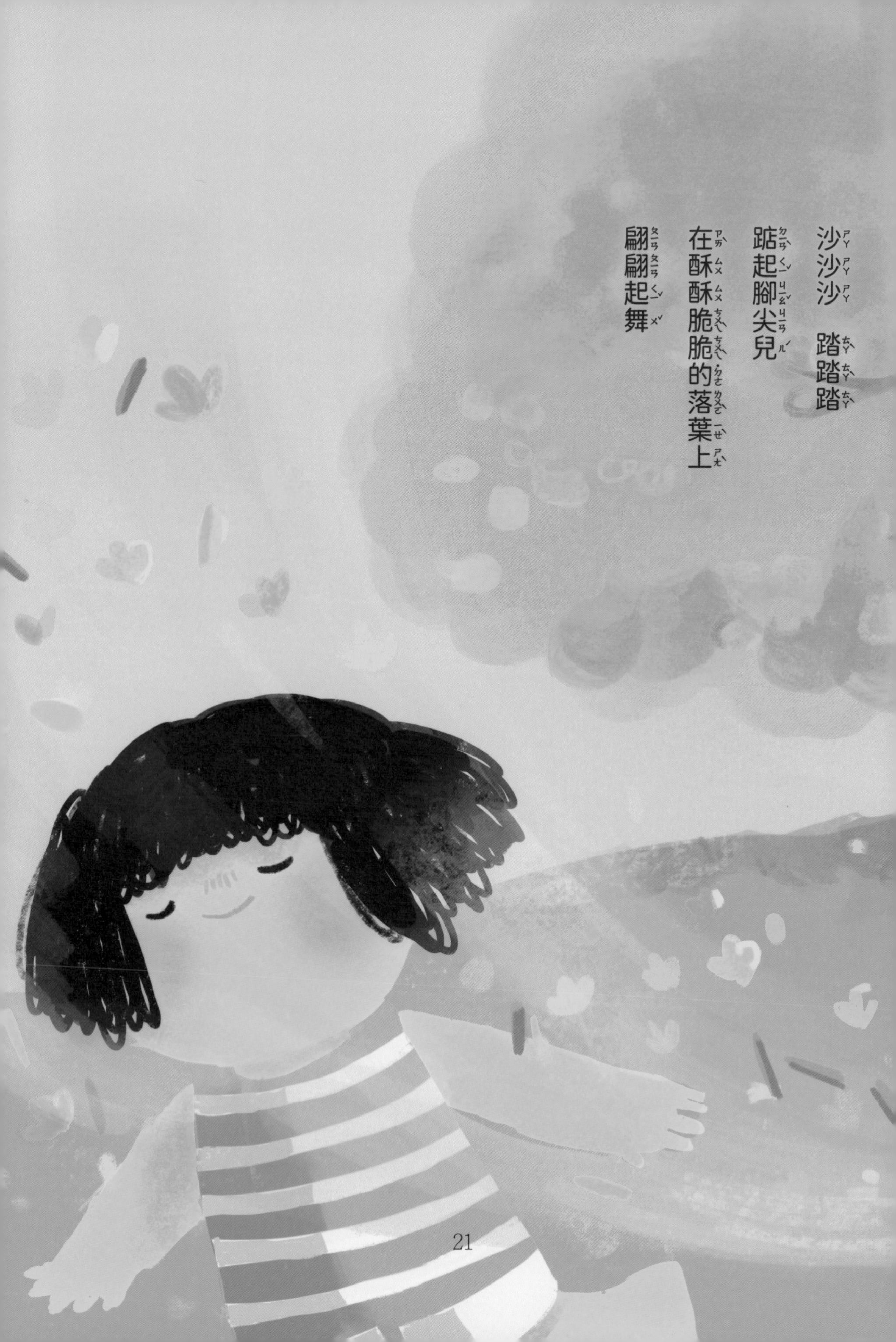

沙沙沙　踏踏踏

踮起腳尖兒

在酥酥脆脆的落葉上

翩翩起舞

口中的荷包蛋

荷包蛋
用最柔軟　最潔白的小棉被
把她的祕密
緊緊藏在懷中

小心翼翼
掀開了一角蛋白絨布
啊，
原來是一座小火山
不停流出黏黏稠稠的
黃色岩漿
直到布滿了雪白大地

雞肉飯好朋友

我問雞肉飯　你有好朋友嗎？
雞肉飯說
筍絲　白菜滷　三色蛋喔
我問三色蛋　你有好朋友嗎？
三色蛋說
白切肉　紅粉腸　五味魷魚啊
我問魷魚你有好朋友嗎？

魷魚說
味噌湯　紫菜湯　下水湯囉
原來　大家都是好朋友呀

雞肉飯是什麼滋味

我驚呼問：「好好吃啊，雞肉飯到底是什麼？」

媽媽說：「是嘉義最具代表性的庶民小吃喔。」

我問：「庶民小吃是什麼？」

媽媽說：「是大家都可以品嘗的食物喔。」

我問：「那消失會怎樣嗎？」

媽媽說：「如果有一天不見了，你會非常想念，因爲這是一款故鄉的滋味呢。」

「那……離開前要再來一碗故鄉的滋味！」我說。

媽媽噗哧的說：「媽咪我還有很多地方要介紹給寶貝呢。」

不是結束，而是開始

吃完這一碗，
我們的嘉義小冒險
才正要開始呢。

作者簡介 Chio

嘉義人，大學畢業於臺北市立大學視覺藝術學系，研究所就讀國立中正大學臺灣文學與創意應用研究所。

腦袋經常有一百個小宇宙在運轉，嘴巴往往跟不上腦袋瓜的水瓶座。喜愛旅行並觀察日常，致力於感受生活，記憶力有限，希望藉由圖像好好紀錄周遭事物。

小孩的詩

你好，嘉義雞肉飯

作者 Chio
繪者 Chio

發行人 張輝潭
出版發行 白象文化事業有限公司
地址 412 台中市大里區科技路 1 號 8 樓之 2（台中軟體園區）
電話 04-2496-5995
傳真 04-2496-99018505
代理經銷 白象文化事業有限公司
地址 401 台中市東區和平街 228 巷 44 號（經銷部）
購書專線 04-2220-8589
傳真 04-2220-8505

印刷 光隆印刷廠股份有限公司
初版 2 刷 2024 年 8 月
定價 新台幣 480 元

ISBN 978-626-364-101-3

特別感謝　李知灝教授

國家圖書館出版品預行編目（CIP）資料

小孩的詩：你好，嘉義雞肉飯 /Chio 作 .--
初版 .-- 臺中市 ：白象文化事業有限公司，
2023.09
面； 公分
國語注音
ISBN 978-626-364-101-3（精裝）

863.598　　　　112012754